texte
Paule Brière

illustrations
Christine Battuz

Un conte à lire avant d'aller au lit

C'est la nuit...
drôles de bruits!

Les 400 coups

Les éditions Les 400 coups remercient le Conseil des Arts du Canada
du soutien accordé à leur programme d'édition par le programme
des subventions globales aux éditeurs et la SODEC pour son appui financier
en vertu du programme d'aide aux entreprises du livre et de l'édition spécialisée.

C'est la nuit... drôles de bruits! est le deuxième ouvrage
publié dans la collection Bonhomme Sept Heures
dirigée par Danielle Marcotte.

Direction artistique et mise en pages: Marc Serre

Révision: Paule Brière
Correction: Monelle Gélinas

© 1998 Paule Brière, Christine Battuz &
Les 400 coups
1975, boulevard Industriel
Laval (Québec)
H7S 1P6

(Diffusion au Canada)
Dimedia
539, boulevard Lebeau
Saint-Laurent (Québec)
H4N 1S2

Dépôt légal - 3e trimestre 1998
Bibliothèque nationale du Québec
Bibliothèque nationale du Canada
ISBN 2-921620-23-5

Ce livre a été achevé d'imprimer
aux presses de Litho-Mille-Îles Ltée
en septembre 1998

Pour ma mère, ma soeur et mes frères
qui sont partis se coucher très tôt
le soir où j'ai voulu savoir...
Et pour mon père
qui a lu son journal sans faiblir
jusqu'à ce que je m'endorme
dans un coin du salon!

Quand vient le soir,
il fait tout noir
et moi, je dors.

Mais les autres,
dorment-ils aussi?
Que font-ils
quand je suis au lit?

Peut-être que...

Maman se douche jusqu'à minuit ?
Savon, serviette, brosse et shampoing.

Papa nettoie jusqu'au matin ?
Décrasse, décrotte, éponge, essuie.

Peut-être que...

Mon frérot boit trente-douze biberons ?
Petit glouton au gros bedon.

Mes grandes sœurs font mille cent devoirs ?
Volent les cahiers, roule l'aiguisoir.

Peut-être que...

Papa retourne travailler ?
Cravate, veston, contrat, patron.

Maman court à sa réunion ?
Pressée, stressée, faut se dépêcher.

Peut-être que...

Mes amis jouent à la cachette ?
En pyjama et en jaquette.

Mon chien chasse les vilains matous ?
Grrrrr, waf, wouf et mi-a-ou !

Peut-être que...

Maman sort avec ses amies?
Petit café, salon de thé.

Papa invite tous ses copains?
Joue au hockey, zappe la télé.

P eut-être que...

Mes trois nounours
partent en camping?
Gros dodo à la belle étoile.

Mes treize poupées
donnent un grand bal?
Orchestre et valse en crinoline.

Peut-être que...

Papa piaffe comme un cheval ?
Petit trot et grand galop.

Maman miaule comme une chatte ?
Coups de langue et coups de patte.

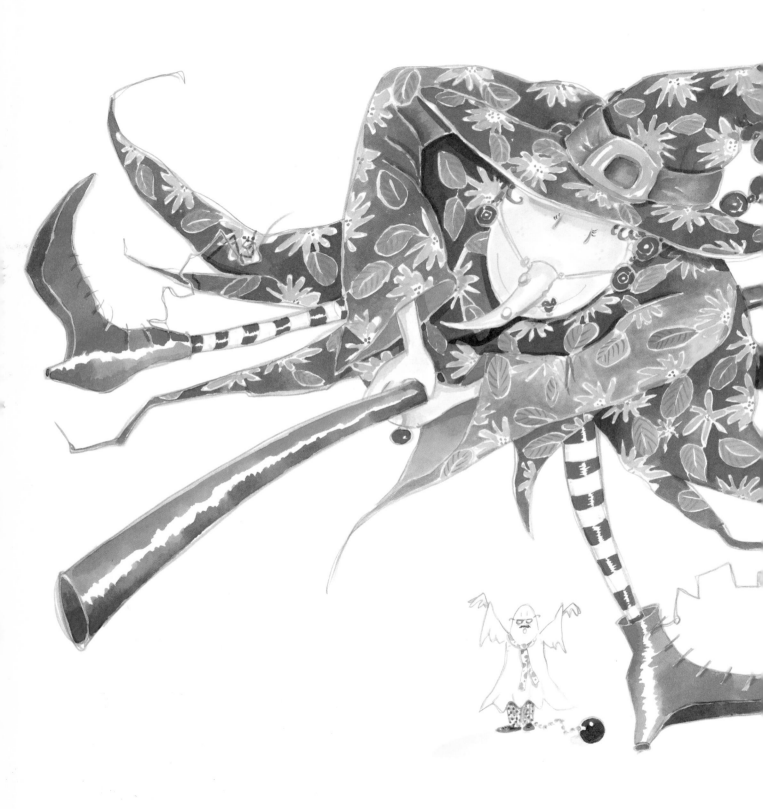

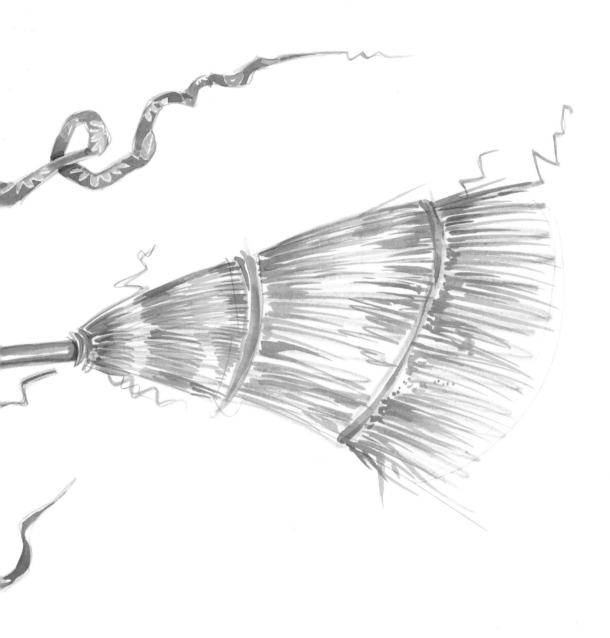

Peut-être que...

Maman s'envole. Est-ce une sorcière ?
Balai fourchu, chapeau pointu.

Papa s'enfuit. Est-ce un fantôme ?
Bruit de chaîne et courant d'air.

Peut-être que...

Maman s'éclipse comme par magie ?
Reviens Maman, je suis au lit !

Papa se sauve comme un voleur ?
Papou reviens, sans toi j'ai peur !

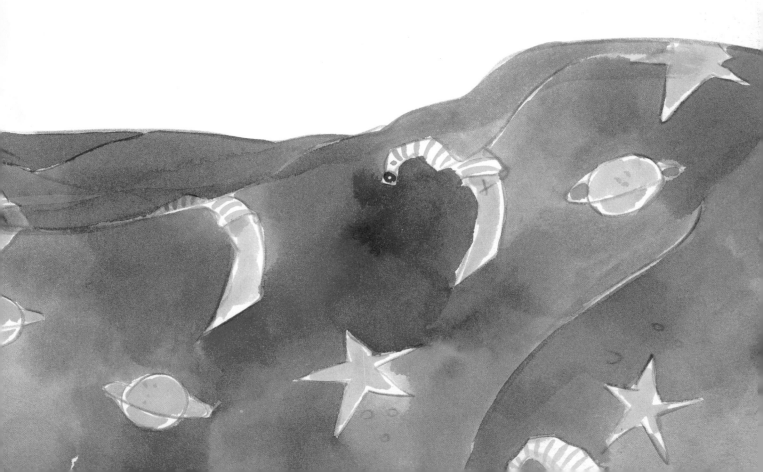

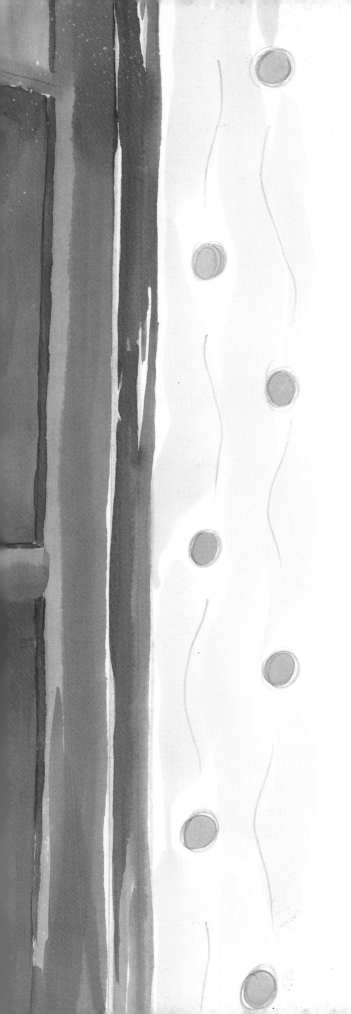

C'est le soir,
il fait tout noir.

Mais moi cette fois,
je ne dors pas.

Je veux savoir !
Allons-y voir...

C'est la nuit, drôles de bruits...
Que se passe-t-il ici?
Cheval, cochon, baleine, souris?

Oh la la! Mais c'est Papa
qui ronfle comme un animal,
endormi sous son journal!

C'est la nuit, drôles de bruits...
Que se passe-t-il ici ?

Ça rit, ça crie, ça applaudit.
Ah vraiment ! Mais c'est Maman
qui dort comme un petit bébé,
pelotonnée devant la télé !

Alors le soir,
quand il fait noir
et que je dors,
tous les autres
dorment-ils aussi?

Eh oui!
Mais ils seraient bien mieux au lit...

Bonsoir, bonne nuit!